우리 송죽식당 이야기

우리 송죽식당 이야기

초판 1쇄 인쇄일 2015년 02월 23일
초판 1쇄 발행일 2015년 02월 27일

지은이 박선희
펴낸이 양옥매
디자인 최원용
교 정 조준경

펴낸곳 도서출판 책과나무
출판등록 제2012-000376
주소 서울특별시 마포구 월드컵북로 44길 37 천지빌딩 3층
대표전화 02.372.1537 **팩스** 02.372.1538
이메일 booknamu2007@naver.com
홈페이지 www.booknamu.com
ISBN 979-11-5776-023-7(03810)

이 도서의 국립중앙도서관 출판시도서목록(CIP)은 서지정보유통지원 시스템
홈페이지(http://seoji.nl.go.kr)와 국가자료공동목록시스템
(http://www.nl.go.kr/kolisnet)에서 이용하실 수 있습니다.
(CIP제어번호 : CIP2015005307)

우리
송죽식당
이야기

박선희 시집

책과나무

정성(精誠)을 다하는
삶을 가르쳐 주신 어머니와
하면 된다는 강인한 신념(信念)을
심어 주신 아버지께
이 작은 시집을 바칩니다.

정말 소중한 순간들을

그냥 지나치면 아무것도 아닌 순간들을

백지 위에 글로 얹혀 보았습니다.

한 편 한 편의 작품에 얹힌

이야기의 느낌들이

또렷이 기억납니다.

쓰고 또 써도 아직 어설퍼

세상에 내놓기가 부끄럽지만

그래도

내 삶이 지치고 공허하고 외로울 때

작품으로 지켜 오고 남길 수 있어 행복합니다.

시집 제목이기도 한 '우리 송죽식당 이야기'는

정직과 보람으로 식당을 일구어 오신

부모님의 노고를

짧은 생각으로 엮어 본 작품이랍니다.

내가 존재하는 이유가 되어 준

문학에 감사합니다.

내가 지금 누리고 있는

선(善)과 여유, 아름다운 것들에 대해 감사하며

인연이 되는 모든 분들께 감사드립니다.

2015년 2월

바다가 보이는 창가에서

박선희

목차

제2부

하 늘 호 수

제3부

우리 송죽식당 이야기

제4부

그렇죠

01

만국기는 태풍을
좋아하나 보다

앞으로 나가지도
뒤로 물러서지도 못하는 상황에서
발만 동동 구르는 나는
한없이 작아 보인다

겨울 숲에 서면

겨울 숲에 서면
겨울 숲에 웅크린 침묵에게
절하고 싶다.

겨울 숲에 서면
장식과 허울을 벗고 한 그루 나무로 서서
하늘을 우러르고 싶다.

겨울 숲에 서면
쏟아지는 눈을 맞으며 눈사람으로 서서
그리운 이를 만나고 싶다.

겨울 숲에 서면
겨울 숲에 사는 순한 짐승들의 눈을 마주 보며
그들에게 착한 말 걸기를 하고 싶다.

눈 위에 그린 물고기

밤새 내린 눈은
길도 산 그림자도
다 지워 놓았다.

수북하게 쌓인 눈 위에
물속을 헤엄치는
물고기 몇 마리를 그렸더니
마치 헤엄쳐 마당을 뛰쳐나갈 기세다.

점심 때 나가 보니
물고기가 한 마리도 없다.
햇살을 따라
바람을 따라
멀리 바다까지 헤엄쳐 갔나 보다.

가야산 석문봉을 오르며

휘몰아치던 눈보라가 그치고
겨울 햇살이 부드럽게 내리쬐는 날
눈이 그쳤으니 괜찮겠지 하는 마음으로
기왕 이곳까지 왔으니
우리 모두 석문봉에 올라 보자며
친구들을 다독거려
석문봉을 오르기 시작했다.

내린 눈 속에 보이지 않는
얼음으로 뒤덮인 돌계단을
난생 처음 아이젠을 차고 오르는 일은
말처럼 그리 쉽지가 않았다.

친구들은 다람쥐처럼 잘도 오르는데
내 발걸음은 마음 같지 않다.
계속 올라야 할지
포기해야 할지의 망설임은

석문봉의 중간쯤 올랐을 때 겨우 사라졌다.

오르는 길이 너무 미끄러워
넘어지지 않으려고
다리에 힘을 주어서 그런지
발걸음이 제대로 떨어지지 않는다.
여기서 포기하면 안 된다는 비장한 각오로
이를 악물고 한 걸음 한 걸음을 오르다 보니
석문봉 정상이란다.

석문봉 정상에 섰을 때 비로소
쪽빛 하늘 아래 펼쳐진 눈꽃 세상이
그림처럼 들어왔다.

보원사지 석조에서 찍은 사진 한 장

아주 오래전에 서산 보원사지에 있는
석조에 걸터앉아 찍은 사진을 어떤 책에 실었더니
그 사진이 돌고 돌아
서울의 유식한 분의 눈에 띄었나 보다.
보물을 함부로 여긴 무식한 나의 행동을 꼬집는
서릿발 같은 전화를 받았다.

그날 밤 내내
나는 잠을 이루지 못하고
빨리 그곳에 가서
석조를 다시 봐야겠다는 생각에
이슬이 채 마르기도 전에 보원사지에 도착했다.

문화재 발굴 작업이 한창이라
한참을 두리번거리다 석조를 찾았다.
보물 102호라 적힌 석조 표지석과 함께
통돌을 파내어 만든
한국 최대의 석조라는 안내문이

호령하는 듯 당당하게 서 있었다.

그 당시 사진을 찍을 때는
국보급 문화재라는 의식도 없이
마냥 그 석조가 좋아서
석조 안에 들어가 사진을 찍은 것 같은데
지금 와서 생각하면 몰지각한 내 자신의 행동이
한없이 부끄럽기만 하다.

그저 별 생각 없이 석조에 걸터앉아
사진을 찍은 일은 되돌릴 수 없는 큰 잘못이지만
그 시대의 승려들이 물을 담아 쓰던 돌그릇과
내가 하나 된 순간을 영원히 간직할 수 있으니
한편으로는 귀한 선물이다.

가끔 나도 모르게 저지르는 행동이
약이 되고
좋은 추억이 되기도 한다.

염쟁이 유 씨의 말

서울의 동숭동 소극장에 와서
'염쟁이 유 씨'라는 연극을 봤다.

염쟁이 유 씨의 주인공인 유순웅이라는 이는
흰 가운을 입었다 벗었다 하면서
염을 하는 염쟁이 유 씨가 되었다가
조직폭력단의 우두머리가 되었다가
장례업체의 장사치도 되었다가 하면서
구경하는 우리 일행들을
때로는 웃음으로
때로는 눈물로
때로는 한숨으로
연극 속에 빠지게 하고는
소극장 안을 뜨겁게 달궜다.

일행 중 몇 사람은
결국 염쟁이 유 씨한테 무대 위로 불려 나가

망자를 위하여 곡을 하기도 하고
염쟁이 유 씨와 함께 염을 하기도 했다.

염은 죽은 자와 산 자의 마지막 교감이다.
저세상으로 떠난 사람이 남기고 간
소품으로 놓여진
무대 위에 있는 낡은 나무 의자와 부의함이
쓸쓸하다.

누구도 거스를 수 없는
운명의 순환 앞에서
인간은 얼마나 작고 유한한가

"죽는 것을 어려워들 말라고
산다는 것은 누군가에게 정성을 다하는 것"이라는
염쟁이 유 씨의 말이 계속 귓전에 맴돈다.

처음 스키를 타던 날

쉰 살의 겨울을 보내기 전에
꼭 한번 스키를 타 보고 싶었다.

스키 타는 법 동영상을 내려받아 놓고
시간이 날 때마다 그 동영상을 보면서
설원에서 멋지게 스키를 타고
질주하는 나의 모습을
가슴 설레며 얼마나 그려 왔던가

그 이미지 속의 나를
실제의 나로 펼쳐 볼 날이 왔다.
새벽부터 네 시간 넘게 달려 도착한
스키장은 신세계였다.

투박하고 육중한 스키화를 신고
스키에 고정시켰다.
눈부신 눈 위에 드디어 내가 섰다.

두려움과 설렘이 머리에서 발끝까지 내려앉고
두 다리는 무거울 대로 무거워져 꿈쩍하지 않았다.
폴을 움켜잡은 양손부터
어깻죽지까지 핏줄이 팽팽하게 섰다.

나는 스키를 배우기 위해
순백의 설원에서
수없이 자빠지는 것을 두려워하지 않았다.
수차례 스키강사의 손에 이끌려 일어나는 것을
결코 부끄러워하지도 않았다.
어린아이가 걸음마를 배우듯
몇 걸음 나가지도 못해 벌렁 나자빠지고
그럴 때마다 스키 강사는 나를 일으켜 주었다.

눈 위에서 넘어지고 일어서는 숱한 연습은
혼자 힘으로 스키를 탈 수 있는 힘을 주었다.
나는 눈앞에 펼쳐진 설원에서
한 마리 새처럼 질주하고 있었다.

저무는 해를 바라보며

한 해의 마지막 날
하루가 저물자
한 해가 또 가고 있다.

아침마다 떠오르는
해를 바라보며
하루를
한 달을
한 해를 계산해 왔다.

우리 앞에서
해는 날마다 저물고 있지만
사실은 해는 언제나 그 자리에 있고
한 번도 저물지 않았다.

저무는 해를 바라보며
느끼는 것 한 가지는

해가 바뀌어도

온전한 나로 존재한다는 것이다.

다만 마음이 변하고

생각이 변한다는 것이다.

전통찻집에서

한지와 미송(美松)으로
한국의 전통미를 살려 지은
전통찻집은 겉모습부터 고풍스럽다.

옛 정취가 물씬 풍겨나는 전통찻집에서
솔잎차 한 모금 입에 넣자
입안 가득 솔 향이 묻어 나온다.

활짝 열어 놓은 격자 문양의 창문으로
바깥세상을 내다보면
파란 하늘에 하얀 구름이 떠가고

한나절 솔숲을 지나온
솔바람이 들어와
내 숨결을 타고 온몸으로 스민다.

여름의 끝자락,
전통찻집에는
순한 바람과 부드러운 햇살이
쏟아져 내려
가을이 먼저 와 무르익고 있다.

철거되는 교실

사십여 년을 넘게
아이들의 꿈과 희망을 키워 온
낡아빠진 초등학교 교실 한 동이
바로 눈앞에서 철거되고 있다.

칠판에 꾹꾹 눌러 쓴 아이들의 분필 글씨도
벽면에 붙어 애국을 노래하던 포스터도
아이들의 깔깔대던 웃음소리도
한순간에 무참히 철거되고 있다.

건물 옆 소나무 가지 끝에 앉아
웅웅거리는 철거 현장을 바라보던 까치도
아이들의 교실이 철거되는 게 아쉬운 듯
울음소리만 남기고 날아간다.

아이들의 꿈과 추억이 깃든
교실이 눈앞에서 사라지는 것을 보자

겨울도 오지 않았는데
벌써부터 춥다.

크리스마스 날 수덕사에서

크리스마스 날
수덕사에 와서

탐스런 눈송이들이
얼굴에 와 닿으며
스러지고 스러지는 동안

마음에 써 보는 두 구절

성심대인인무불복(誠心對人人無不服)
공심처사사무불성(公心處事事無不成)

정성으로 사람을 대하면
복종하지 않을 사람이 없고,
공정하게 일을 처리하면
이루지 못할 일이 없다.

만국기는 태풍을 좋아하나 보다

올여름 한반도를
강타한 태풍 볼라벤이
지나가는 하루는 참 길었다.
볼라벤 앞에서
모두가 두려움에 떨던 그날,
갈머리 어느 가구점의 개업을 알리는 만국기는
특급 태풍에도 아랑곳하지 않고
목숨을 다 내놓고 마음껏 펄럭거렸다.
모든 것들은 태풍을 두려워했지만
만국기는 태풍이 불어오자
신명이 난 듯 소리를 내지르며 요동을 쳐댔다.
줄을 서서 진정한 자유를 만끽하며
너울너울 춤을 추는 만국기는
태풍을 무지 좋아하나 보다.

폭설

퇴근 무렵이 되어
퍼붓는 눈발 속에서도
차를 끌고 나섰지만
얼마 못가 눈보라에 갇혀
꼼짝 못하고 도롯가에 멈췄다.

앞으로 나가지도
뒤로 물러서지도 못하는 상황에서
발만 동동 구르는 나는
한없이 작아 보인다.

시간이 갈수록 내 심장을 쿵쿵 쳐대며
한 치 앞을 분간할 수 없을 정도로
성큼성큼 거친 호흡으로
다가오며 퍼붓는 눈보라는
은빛 허공을 뚫고 내리는
폭도들의 반란이다.

그 현란한 몸짓에 나는 속수무책이다.

지금까지 살아오면서
오늘처럼 그렇게 눈이 두렵고
무서운 날은 없었다.

미륵사지에서

유월의 햇살이 눈부시다.

백제의 또 다른 고도가 될 뻔했던 고장

익산에 와서

무왕과 선화공주의

전설 같은

애틋한 순애보를 들으며

드넓은 미륵사지의 관람로를 따라

켜켜이 쌓인 백제시대의 흔적을 더듬는다.

미륵사지 호숫가를

가만가만 걷다 보면

미륵사를 세웠다는 무왕의 염원이

호수에 서리어 일렁인다.

백제는 멸망했어도

그들이 꿈꾸어 온 세계는

아직도 미륵사지에 그대로 남아

천년만년

사람들의 발길을 붙잡고 있다.

금지사에서

차령산맥의 월명산 봉우리
금지사로 가는 오솔길에
잿빛 산토끼와 산비둘기 한 쌍이 정답다.

덕 높은 스님들의 묵묵한 수행처럼
금지사의 침목 계단은
고적하고 반듯하여
발걸음조차 가지런해진다.

주지스님이 황금빛 잉어 꿈을 꾸어
금지사(金池寺)라 지었다는 전설의 바위샘
그 바윗돌 틈에서 나오는 약수 한 모금을
홍단풍 그늘 아래 서서 천천히 마시자
눈 내리면 금지사에 다시 오자던
친구와의 언약이 너울댄다.

하얗게 눈이 내리는 날

금지사에 와서 약수 한 사발을 벌꺽벌꺽 마시면

온몸을 휘감는 외로움도 싹 가실 것 같다.

달맞이 꽃길

누군가 일부러 심어 놓은 듯
달맞이꽃이 무리지어 피어 있는
달맞이 꽃길을 걷는다.

불어오는 바람은 바람대로
꽃잎은 꽃잎대로
반짝이는 햇빛 뒤에 숨어
숨죽여 달빛을 기다리다
뉘엿뉘엿 해거름이면
생기를 되찾은 달맞이꽃의 웃음소리가
달맞이 꽃길 가득 넘쳐흐른다.

자전거 페달을 힘껏 밟으며
달맞이 꽃길을 달리는
가족들의 함성도
두 손 꼬옥 마주 잡고
달맞이 꽃길을 걷는

노부부의 느린 발걸음도

달맞이 꽃길에선 다 꽃이 된다.

희망이 된다.

02

하늘 호수

때로는 누워서
세상 풍경을 바라볼 일이다
보는 각도에 따라
똑같은 풍경도 달리 보인다
우리네 인생도 달리 보인다

하늘 호수

내장산 숲속 가지마다
앞을 다투어 곱게 물이 든
단풍나무 숲길을 따라
산속으로 걸어 들어간다.

내장산 전체가 형형색색의
하늘 호수 같다는 노 보살의 말을 듣고

아픈 다리도 쉴 겸
잠시 나도 그 보살처럼
절 안의 마당에 놓인 평상 위에
신발을 벗고 누워
내장산을 올려다보자
한 번도 본 적이 없는 하늘 호수를
내 눈앞에 내어준다.

때로는 누워서
세상 풍경을 바라볼 일이다.
보는 각도에 따라
똑같은 풍경도 달리 보인다.
우리네 인생도 달리 보인다.

가끔은 평상에 누워
하늘 호수를 올려다볼 일이다.

두 시간의 의미

문학공부를 함께하신 연세 지긋한 분이
시집 출간을 축하한다며
저녁 초대를 하셨다.

약속 시간에 늦지 않으려고
서둘러 그곳에 도착했더니
그분은 버스 시간을 맞추느라
이미 두 시간 전에 도착했다고 한다.

두 시간!

두 시간이면
기차를 타고
보령에서 출발하여 서울에 도착할 시간,
두 시간 동안이면
많은 일들이 벌어지고
많은 일을 할 수 있고

이곳저곳을 다녀올 수 있는 긴 시간이다.

옛날 시계가 없었던 시절에는
약속한 사람이 올 때까지
무작정 기다려야만 했겠지만
기다림으로 두 시간을 보낸다는 건
그리 쉬운 일이 아니다.

초스피드 시대에 살고 있지만
시대를 한참 거슬러 올라
시간관념에 달관하신 분을 만난 것 같아
신기하고 묘하다.

돼지감자

한여름의 태풍만큼
바람이 사납게 부는 겨울날
겨울바람을 피해서
간신히 주차장 안으로 걸어 들어왔다.

내 자동차 옆에
놓여 있는 까만 비닐봉지 하나,
봉지를 들어 보자
묵직한 무게로도 알 수 없고
단단하고 울퉁불퉁하게 만져지는
촉감으로도 알 수 없는 것들이
봉지 속에 담겨 있다.

봉지를 들고 엉거주춤 서 있는 동안
저만치서 아는 사람이
돼지감자라며
수줍은 웃음을 보낸다.

옛날에 돼지들의 먹이가 부족할 때
돼지들에게 먹여서 붙여졌다는 이름의
돼지감자는 작고 삐뚤어진 모양이
돌덩이 같기도 하고
동물의 변 같기도 하여
뚱딴지라고도 불린다는 게 정감이 간다.

나박나박 썰어 먹어 본
생 돼지감자의 맛과
돼지감자를 건네준 사람의
수줍은 고마움이 담백하다.

바지락

두 번째 시집을 보내 드렸더니
천북에 사시는 어느 분이 바지락을 보내왔다.

널따란 그릇에 소금을 풀어
알 굵은 바지락을 쏟아붓고
바지락들이 마음대로 움직이라고
신문지로 덮어 놓았다.
바지락들은 밤새
바다에서 삼켰던 검푸른 펄들을 토해 냈다.

바지락들을 싹싹 씻어 끓는 물에 넣고
펄펄 끓는 물속을 들여다본다.
바지락들은 입을 꽉 다물고 숨을 죽이고 있다.
바지락들은 냄비 안에 잠겨
펄을 닮은 색깔처럼 진한 무늬를 만들더니
서서히 뽀얀 국물을 토해 냈다.
바지락들은 금세 입을 쫙쫙 벌리며

천수만 갯벌 속에서 부지런히 먹어 온 영양분을
통통 오른 속살로 보여 주고 있다.

창문 너머로 바닷바람이 불어와
바지락 탕 속에서 나온 해감내들을
먼 바다로 데려갔다.

여주

옛날엔 여주를 시골집 울타리에나
관상용으로 심었다는데
지금은 천연인슐린이라며
건강 농산물이 되었다.

하늘에 닿고 싶은
애틋한 마음이었을까
여름 내내
숱한 비바람 다 견디며
넝쿨손을 허공에 뻗어
길을 만들고는
줄을 타고 잘도 올랐다.

가을이 되자
따가운 햇살을 받으며
혹 같은 돌기가 촘촘하게 생기고
노오란 껍질이 쩍 벌어지더니

부끄러운 속내를 훤히 보여 준다.

누구도 흉내 낼 수 없는
선홍 빛깔 씨앗을 토해 내며
진액이 흐르는 여주는
보기에는 달콤하게 보이나
그 맛이 생각보다 써
약이 되는가 보다.

함박눈

오늘처럼 이렇게
하루 종일 함박눈이 오는 날엔
유리창에 기대어 서서
함박눈이 내려앉는 모습을 바라봅니다.

낮은 곳이든 높은 곳이든
풀꽃이든 거목이든
흙이든 콘크리트든
함박눈은 차별하지 않고
소리 없이 온 세상을 하얗게 덮어 갑니다.

한참 유리창에 기대어 서서
유리창이 온기로 덮일 즈음
함박눈은 나의 가슴 속까지 비집고 들어와
한 켠에 묻어 둔 그리움을 불러냅니다.

저녁때가 되어도

그치지 않고 내리는 함박눈은

그리움의 바다 한복판에 나를 세워 놓고

밤새도록 그리움의 노를 저어 갑니다.

고로쇠수액

경칩을 훌쩍 넘긴
아미산 백제골

겨울을 견딘 고로쇠나무마다
둥글게 구멍을 내고
호스를 끼워 넣어
호스마다 비닐봉지를 매달고 있다.

매서운 겨울 한파를 이겨 내고
봄기운이 맴도는 3월
고로쇠나무가 새 잎을 틔우기 위해
땅속에 있는 영양분을
빨아올리는 것을 사람들은
고로쇠나무의 혈관에 구멍을 내고
고로쇠수액을 훔치는 것이다.

고로쇠수액이 한 방울 두 방울
링거액처럼 비닐봉지에 고이면
큰 물병에 담아 판다.

고로쇠수액을 채취하는 것이
나무의 생명에
별 지장은 없다지만
참 몹쓸 짓이다.

거미 한 마리

언제부턴가
거미 한 마리가
내 자동차 꽁무니에서
집을 짓고 살았다.

거미는
후진 기어를 넣을 때만
제 모습을
후방카메라에 담아 보여 줬다.

자동차 꽁무니에다
거미줄을 치고 사는 거미는
달리는 자동차가
무섭지도 않았나 보다.

유난히도 심했던
폭염과 장마를 이겨 낸

거미의 인내와 고통이
거미줄에 촘촘하게 퍼져 있다.

올해같이 무더운 여름에는
자동차 꽁무니에 얼씬거리는
벌레들도 많지 않았을 텐데
거미는 배나 곯지 않았는지 궁금하다.

성주산 계곡에서

이글거리는 칠월의 햇볕이
성주산 계곡까지 속속들이 내려와
나무와 풀들이
숨을 헐떡거리고 있다.

나무 그늘에 묻힌
성주산 계곡물에 손을 담그자
계곡물의 시원함이
손등을 타고 올라온다.

계곡 물의 냉기가 온몸으로 퍼지자
더위에 흐물거리던 내 몸 안에
생기가 넘치고
폭염에 숨이 탁탁 막혔던 가슴이 뚫려
이젠 좀 살 것 같다.

세차게 흘러내리는 계곡 물에
손을 담그고
발을 담그고
한참이나 그렇게 앉아 있다 보면

세상만사 제쳐 두고
성주산 계곡에 와서
작은 오두막집 한 채 짓고
흐르는 계곡 물처럼 살고 싶어진다.

손물레

인터넷에서 고르고 골라
주문한 손물레가 도착했다.

묵직한 손물레를 손으로 돌려 보니
빙빙 잘도 돌아간다.

내가 돌려댈 손물레가
바람개비처럼 잘 돌아서일까
손물레의 철판이 칼날에도 끄떡없을
방패처럼 버티고 있어서일까

손물레를 돌린다고 해서
머릿속에 그리는 도자기가
그대로 만들어지는 것은 아니지만

손물레가 견뎌야 할 세월에 비하면
그깟 금이 간

수레바퀴장식 굽 달린 잔 모양의
도자기 하나 땜에 애태우는 것쯤은
아무것도 아니라고
세상의 일도
마음먹은 대로 다 이루어지는 게 아니라고
새로 산 손물레에게서 위안을 얻는 것이었다.

어처구니없는 실수

며칠 전
세원사에 갔다가 정운스님의
친필이 담긴 다섯 번째 시집을 받았다

일주일간 짬을 내어
한 편 한 편 시들을 읽어 나가다가
'풀빨래'라는 제목의 시에서 한참을 멈췄다

지난해 초가을
구름 한 점 없는 맑은 하늘 아래
세원사 뜰의 빨랫줄에 널린
재색 장삼의 나풀거림이 하도 좋아서
시간 가는 줄 모르고
그것을 바라보았던 일이
그림처럼 떠올랐기 때문이다

바로 스마트폰을 꺼내 들고

스님께 문자메시지를 작성하다 잘못 눌러 그만
"스님 시를 하"까지만 쓴 메시지가 전송되고 말았다

어처구니없는 실수다.
몇 분간 아무 일도 할 수 없었다
마음속에서는 이미
두 번째 메시지가 전송되고 있었다

'스님 시를 한 편 한 편 읽다가
풀빨래에 멈췄어요.
풀기가 배어든 풀빨래처럼
감성의 씨줄 날줄이
빳빳하게 차올라와 나풀거려요.'

장사도 분교

통영의 작은 외딴섬
장사도, 그 섬 안에
죽도국민학교 장사도 분교라는 표지석이 서 있다.

섬에 사는 사람들이 점점 줄어
이젠 분교에 다니는 학생이 한 명도 없지만
교실 한 칸이 전부이고
교실보다 약간 넓은 듯한 운동장엔
옛 운동장의 모습은 보이지 않고
수령 백 년을 훌쩍 넘겼을 분재들이
장성한 아이들처럼 우뚝우뚝 서 있다.

학교 앞 화단에는
어머니가 아이를 안고 있는 석상이
작은 섬마을 학교의 옛 모습을 간직한 채
뚝 뚝 떨어진 붉은 동백 꽃잎처럼
쓸쓸하게 서 있다.

아이들이 부르던 희망찬 노랫소리와

마음껏 뛰놀던 동심이

교정 구석구석에 남아

장사도 분교를 지키고 있다.

가을은 나에게

가을은 나에게
높푸른 하늘을
자꾸만 올려다보게 한다.

가을은 나에게
말린 꽃잎의 향기가 배어 나오는
시집을 꺼내어 시를 읽게 한다.

가을은 나에게
추억 속의 사진첩을 꺼내어
사진 속의 그리운 이들에게 말을 걸게 한다.

가을은 나에게
지나가는 바람에게 말을 거는
외로운 여자가 되게 한다.

행운권

보령문화예술인대회가 있는 날
식장에 들어가면서
행운권을 받았다.

분홍색 조그만 네모 안에 새겨진
행운권이라는 세 글자가
자꾸만 호주머니 속으로 내 손을 끌어당긴다.

식전행사와 개회식에 이어
축하공연의 맨 끄트머리에
행운권 추첨 차례가 왔다.

진행자는 너스레를 떨어 대며
행운권 번호가 불리어지기를 기다리게 하고
당첨된 사람들의 기분을 더 들뜨게 만들었다.
수북하게 쌓인 상품들이 하나둘씩
당첨된 이들에게 건네졌다.

진행자는 행운권 번호 5번을 부른다.

바로 나다.

나에게 자전거를 받는 행운이 온 것이다.

이런 행운은 처음이다.

나에게 찾아온 행운의 자전거가

불빛을 받아 눈부시다.

사실 나는 자전거를 탈 줄 모른다.

나에게 자전거는 무용지물인 셈이다.

그런데 내 옆에 앉은 나를 아는 한 분이

그 자전거가 꼭 필요한 사람이 있다고 말한다.

그 사람은 날마다

새벽부터 몇 시간씩을

자전거를 타고 신문을 돌리느라

자전거바퀴가 성할 날이 없다는 사람이다.

당첨된 내 자전거를 줄 사람이 생긴 것은

내게 또 하나의 행운을 가져다준 셈이다.

행운권이 행운을 가져다준 날
바로 더 큰 행운이 나에게
바람처럼 찾아왔다.

03

우리 **송죽식당** 이야기

처음 먹은 마음 변치 않고
교직의 길을 묵묵히 걸어올 수 있었던 나의 삶도
우리 송죽식당의 정신과 무관하지 않으며
저 깊은 땅속과 맞닿을 것만 같은 감사의 깊이로
지금 이렇게 주어진 길을 가고 있다

18분

모든 사람에게
똑같이 주어진 하루는
24시간이지만
그중에서 혼곤에 지친 나를 깨우는 시간은
적어도 하루 18분이다.

날마다 새벽을 맞으며
무릎을 꿇고 정중하게
108배를 하는 이 시간만큼은
오로지 나 자신에게 정성을 쌓는 시간이다.

18분!
시간으로 치자면
짧은 시간이지만
쉼 없이 108번을 반복하여 절을 하는 시간만은
복잡한 일상을 모두 잊는 순간이다.

지금 여기의 삶에 감사하며
108배를 하는 이 시간만큼은
나라는 존재 가치를 깨닫는
섬광처럼 번뜩이는 시간이다.

108배를 하는 순간만큼은
참 밝고 맑은 나로
새로 태어나게 만드는
18분이다.

내 인생의 다이어리

습관처럼
12월이 되면
새해 새날에 대한 설렘과
뿌듯한 희망으로 새롭게 엮어 갈
나의 일상을 기록할
다이어리를 장만한다.

새로 산 다이어리의 첫 장에
새해 목표를 적고
아직 오지 않은 새날들을
기도하는 마음으로
공손히 맞이한다.

나는 내 인생의 역사를 담는
이 다이어리의 저자이며 주인공이다.

이 다이어리가

훗날 여러 사람에게 읽힐 책이 될지

아니면 휴지조각이 될지

알 수는 없지만

하얀 눈 위에 새 발자국을 남기듯

하루하루의 책장마다

마주한 일상들을

비밀스럽게 적어 놓는다.

마침내

한 해가 지나고 나면

한 권의 다이어리가 완성되어

풍성한 이야기들로 가득 찬다.

우리 송죽식당 이야기

살아온 날이 아득하고
살아갈 날도 아득할 거라
우리 부모님이 여기셨을 때
아버지가 마흔,
어머니가 서른아홉 살 되시던 해의 봄
우리 가족은 보령 시내에서 살다가
아버지의 고향인 보령 청소로 이사를 왔다.

부모님은 진죽 역사 맞은 편
청소버스정류장 옆집의 작은 가게를 세 얻어
1974년 4월 24일
송죽식당이라는 간판을 내걸으셨다.

송죽이라는 상호에는
늘 푸른 소나무처럼
늘 꼿꼿한 대나무처럼
우리 집에 오신 손님을 정성으로 대하고

삶 또한 소나무처럼 대나무처럼
곧고 바르게 살아가겠다는
우리 부모님의 올곧은 마음과 정신이 담겨 있다.
송죽이라는 뜻은 우리 집 가훈이나 마찬가지였다.

본래 식당이란
맛이 있고 친절해야 손님이 오는 법

아버지는 좋은 식재료를 구하기 위해
동이 트기 전 자전거 페달을 밟으시고
땅거미 내려앉은 거친 들판을 지나
몇 십리 작은 신작로를 달리셨다.
자전거를 타고 달리시다가
고단함에 지칠 때에는
잠시 자전거를 세워
카스텔라 한 조각으로 허기를 달래고
거친 호흡으로 마른 입안을 적시면서도

우리 가족에게 꿈과 희망의 사다리가 되어 주셨다.

어머니는 뼛속 깊은 곳까지
쉼 없는 부지런함을 돌계단처럼 쌓으시며
허리가 휘는 줄도 모르고
일을 손에서 놓지 않으셨다.

고단한 삶 속에서 살아오신
부모님의 인고의 세월을
어찌 몇 줄의 글로 다 표현할 수 있을까?

우리 송죽식당은
변함없는 공손과 정성으로 손님들을 맞이했다.
"맛있게 잘 먹고 갑니다."라는 손님의 말 한마디는
우리 가족들에게 따뜻한 수고와
위안의 샘이 되었다.

아버지가 쉰,

어머니가 마흔아홉 살 되시던 해의 여름

1985년 8월 17일

우리 송죽식당은

지금의 자리에 새 집을 짓고 이사를 왔다.

그동안 집이 없어

이곳저곳으로 이사를 다녔던 우리 가족은

비로소 우리 집을 처음 갖게 된 것이라서

그날 밤 너무 좋아 잠을 이루지 못했다.

집들이 하던 날

검은 씨앗이 콕콕 박힌

속살이 빨갛게 잘 익은 수박을 썰어

푸짐하게 집들이를 했던 일은

평생 잊을 수가 없다.

아버지가 일흔여섯,

어머니가 일흔다섯 살 되시던 해의 첫날

2011년 1월 1일
부모님은 송죽의 푸른 정신으로
삼십여 년이 넘도록 운영해 오신 우리 송죽식당을
막냇동생 내외에게 승계하셨다.
가업을 승계하시던 날
아버지와 어머니의 허전함은 얼마나 크셨을까?
한편으로는 송죽의 신화를 자식에게
대물림하셨다는
자부심 또한 크셨으리라.
장사란 말처럼 쉬운 일이 아니기에
가업을 잇겠다며 기꺼이 나선
남동생 박성훈과 올케 김미영이
장하고 기특하기만 하다.

무(無)에서 유(有)를 창조한다는 굳은 신념을 갖고
참되고 근면하게 살다 보면

어떤 어려움도 극복되는 날이 온다며
잘 살아 보자던 부모님의 말씀은
우리 송죽식당의 정신으로 빛나고 있다.

처음 먹은 마음 변치 않고
교직의 길을 묵묵히 걸어올 수 있었던 나의 삶도
우리 송죽식당의 정신과 무관하지 않으며
저 깊은 땅속과 맞닿을 것만 같은 감사의 깊이로
지금 이렇게 주어진 길을 가고 있다.

개업 40여 년이 지난 지금
우리 송죽식당은
우리 가족 모두에게 아주 큰 버팀목이 되고 있다.
동생 내외가 이어받은 우리 송죽식당도
새봄을 맞아 부지런히
희망과 보람의 싹을 틔우고 있다.

소나무 숲에 들어와서

소나무 숲에 들어왔더니
천지 사방이 조용하다.
짙게 드리워진 그늘 탓에
한여름 더위조차 무색하다.

내가 태어나기 전
아니 우리 부모님이 태어나기 전부터
이 자리에 끼리끼리 모여
척박한 땅을 탓하지 않고
산비탈에 서서
바위틈에 서서
돌 틈에 서서
뿌리를 내렸으리라.

하늘에서 내려 주는 햇살과
먼 바다로부터 불어오는 바람과
나뭇가지 사이로 날아드는 새 소리까지도

아름드리 소나무의

투박한 껍질 속으로 스며들어 간다.

노을처럼 번져 오는 어스름 틈을 타고

소나무들이 발소리를 죽인 채

내 곁으로 걸어온다.

무슨 말인가 하고 싶은 모양이다.

머리가 쭈삣 거릴 만큼 긴장이 된다.

나무들이 내개 무언(無言)으로 전한 말은

침묵 바로 그거였다.

소나무 숲 전체가

고요 속에 빠져든다.

눈썹

날마다 화장을 하며
마지막으로 그리는 게 눈썹인데
오늘따라 눈썹이
잘 그려지지 않는다.

내가 서른 살 때
눈썹의 숱이 많아 지저분하게 보여
한 줄만 남기고
족집게로 뽑았었는데
그 자리에선 더 이상
눈썹이 새로 나지 않았다.
이제는 덩그러니 남은
한 줄 눈썹이 귀하기만 하다.

오늘처럼 눈썹이 안 그려지는 날엔
눈썹 문신을 해 보라는 말이 솔깃하다가도
생긴 대로 살아야지 하며

얼른 생각을 주워 담는다.

눈 위에 자리 잡은 눈썹은
빗물이나 머리카락이 눈으로
내려오지 않도록 눈을 보호해 주고
얼굴과 이마를 구분 짓게도 한다.

어느 흑백 영화 속 여자 주인공의
제법 도톰하며 순해 보이는 눈썹이
부럽다고 느껴지자
그 눈썹이 슬며시 다가와
내 눈썹 위에 포개진다.

흰 머리카락

거울 앞에서
머리를 빗다가 정수리 쪽으로
짧게 쭉 뻗친 흰 머리카락을 보고
두 눈이 크게 떠졌다.

두 눈을 다시 위로 치켜뜨고는
엄지와 집게로 족집게를 들고
고놈의 흰 머리카락을
간신히 잡고 냅다 잡아당겼다.

흰 머리카락은 날쌘 뺀질이처럼
영 뽑히질 않고 엉뚱하게도
까만 머리카락만 뽑혔다.

세상에 마음대로 안되는 게
어찌 흰 머리카락 한 가닥 뽑는 것뿐이랴.

깜빡 졸다가

대둔산 자락에 자리 잡은
풍류도 국조전 준공식에 갔다가
집으로 돌아오는 길, 국도 40번에서
성주천변의 길을 달리다
성주터널을 칠백여 미터 앞에 두고
하필 그 순간에 깜빡 졸았다.
길가의 바윗덩어리를 들이받은 내 자동차는
원치 않은 산길로 내동댕이쳐졌고
자동차의 범퍼는 입을 삐뚤 벌린 채
하얀 연기만 내뿜고 있었다.
하마터면 큰 사고가 날 뻔했다.
다행히 다치지는 않았지만
그날이 나에겐 새로운 생일이다.
깜빡 졸다가 저승으로 갈 뻔한 그날도 생일이다.
이 세상에 태어난 날만 생일이 아닌 것이다.

전통차 체험장에서

햇살이 등허리에
달라붙는 어느 봄날
지리산 자락의
전통차를 만드는 체험장에 들어섰다.

우툴두툴한 널따란 덕석 위에
발효차를 만들기 위해 옮겨진
어린 첫 찻잎들이 수북하다.

목장갑을 끼고
덕석 주위에 여럿이 둘러앉아
양손 가득 어린 찻잎을 쥐고 비벼댄다.

덕석의 가느다란 골을 따라
떨어져 나간 찻잎의
살점들이 박히고
상처투성이 찻잎의 진물이

덕석 위에 핏자국처럼 밴다.

몇 줌의 햇빛과 몇 점의 바람이
내리쬐는 덕석 위에서
점점 거무스름한 빛깔로
쪼그라드는 찻잎들

솥단지 안에서
찻잎을 덖기도 전에
바람결 따라 묻어오는
찻잎 향내가 달다.

팽나무

아버지의 고향 들판
한구석에
홀로 서 있는 팽나무는
몇 백 살은 족히 먹어 보이는
할아버지 나무다.

태풍이 불어와도
비바람이 몰아쳐도
꿈쩍도 하지 않고
한 해 한 해 나이테를 만들며
청빈낙도를 즐기는 선비처럼 서 있다.

하루가 다르게
변화하는 세상에서
내가 어렸을 적에 본 모습이나
오십여 년이 지난 지금의 모습이나
별 차이가 없는 팽나무는

모질고도 질긴 자신의 한 생애를

몸소 보여 주며

묵묵히 살라 한다.

한곳에 머물며 한 우물을 파 보라 한다.

쥐에게 농락당하다

시골 집 부엌 안에
쥐 한 마리가 어떻게 들어왔는지
여간 성가시게 구는 게 아니다.
한여름 대낮
가만히 누워 있어도
숨이 콱 막히는데
쥐란 놈이 가끔씩 나타나
이리저리 헤집고 다닌다.

부엌의 덩치 큰 냉장고 옆으로
어른 주먹만 한 쥐 한 마리가
분명 줄달음쳐 들어갔는데
몇 십 분을 기다려 봐도
들어간 쥐는 꿈쩍도 안 한다.

벽과 냉장고 틈새에 장대를 밀어 넣고
툭툭 치며 두들겨 봐도

쥐란 녀석은 미동조차 없다.
어디로 사라진 것일까?

불볕더위보다 쥐에게
철저하게 농락당하는
여름 한낮

돌 빨래판

수돗가 귀퉁이에서
수년을 꿈쩍 않고
버티고 누워 있는
묵직한 돌 빨래판

깊게 패인 돌 주름 위에
걸레의 때를 벅벅
옷에 밴 얼룩들을 박박
거듭거듭 연거푸 문지르다보면
땟국물은 돌 빨래판의 골을 따라 사라지고

내 마음속에 고인
땟국물도 빨래와 섞어
돌 빨래판 위에 올려놓고
문지르다 보면
돌 빨래판의 골을 따라 사라진다.

어느새

아무리 문질러도 끄떡없는

돌 빨래판의 주름 주름마다엔

고분고분하고 개운한 마음이 고이고

부드러운 가을 햇살도 와서 눕는다.

긴 우산 하나

햇볕이 쨍쨍한 유월의 어느 날
일기예보에서는 외출하려면
우산을 챙기라고 전한다.

퉁퉁한 손잡이가 달린 긴 우산을
한 손에 쥐고 또 한 손엔 짐을 들고
둔탁한 발걸음으로 걸어
대전행 버스에 몸을 실었다.

버스가 대전에 도착했을 때
비가 내리기는커녕
하늘에는 구름 한 점 없고 불볕이다.

장대비를 피하기 위해선
긴 우산이 제격이지만
햇볕을 가리는 데 사용하기엔
긴 우산은 큰 짐이다.

그냥 버리자니 아깝고
터미널 보관함에 넣기엔
우산이 너무 길다.

긴 우산은 천덕꾸러기다.
잘못된 일기예보 때문에
긴 우산 하나를 놓고
마음이 참 변덕스럽다.

옷 수선 집

시장 골목
두 평 남짓한 회색 콘크리트벽 안에서
금이 간 벽면에 붙어 빛을 발하는 형광등처럼
수십 년을 재봉틀 손잡이를 돌리며
옷을 수선하는 사람이 있다.

그 집에 가면 언제나
손님들이 맡기고 간
새 옷과 헌 옷들이 낙엽처럼 쌓여 있고
바닥에는 색색의 실밥들과 천 조각들이
그 사람의 생을 만들고 있다.

옷 수선 내용을 적은
네 권의 두툼한 일기장에는
그 사람이 살아온 세월이
알뜰한 사람의 향기로 꽂혀 있다.

옷 수선 집을 다녀와서

내 삶에서 뜯어진 곳을 꿰매고

구겨진 부분을 펴고

세파에 떨어져 나간 단추도 다시 달며

오십 평생 살아온 나의 삶을 추스른다.

어머니가 입던 옷

몇 해 전 어버이날에
어머니께 사 드렸던 옷이
어머니의 방 한 켠
옷걸이에 걸려 있다.

어머니께서는 이제 그 옷을 입으면
구부정하게 휜 허리선과
쪼글쪼글한 목선이 다 드러난다며
나에게 그 옷이 맞으면
갖다 입으라고 건네주신다.

칠순을 훌쩍 넘기신 어머니는
이제 폼이 나는 옷이
부담스러운 모양이다.

어머니의 옷을 집으로 가져와
옷걸이에 걸어 놓자

어머니는 여전히 옷 속에서
나오지 않으신다.

며칠 후
어머니가 입던 옷이 내게 맞을까 생각하며
옷 속에 들어 있는 어머니를 꺼내 놓고
그 옷을 입어 보았더니
맞춘 것처럼 내게 딱 맞는다.

옷을 벗어 옷걸이 걸어 놓자
어머니가 들어 있던 옷 속에는
내 몸이 들어가 있다.

아버지의 말씀

나 어릴 적에
아버지는 나에게
믿음직한 버팀목이셨다.

아버지의 양어깨에
우리 집안의 모든 것들이 걸려 있어도
내게 아버지는 늘 든든하게 여겨졌다.

고단한 삶에
힘에 부친 아버지는
자전거도 쉬어야 한다며
자전거를 잠시 길섶에 누이고
나란히 언덕에 앉아
하늘을 보며 자주 말씀하셨다.

"하늘과 땅이
우리를 다 지켜보고 있다

마음을 잘 쓰며 살자

남에게 해를 끼치지 말자

무(無)에서 유(有)를 창조하자

버릴 것은 빨리 버리고

새로운 것을 취하자."고

오늘 저녁에도

진정으로 들려주셨던 아버지의 말씀이

소리도 없이 다가와

내 곁에 앉아 있다.

튤립

어머니는 친구분들과 함께
부산으로 여행을 다녀오시던 날에도
큰딸이 꽃을 좋아한다고
튤립이 심어진 화분 하나를
부산에서부터 사 들고 오셨다.

튤립은 18층 베란다에서
2년간이나 간신히 버티며
잎을 틔우고 빨간 꽃을 피우더니
언젠가부터 이파리가 마르고
서걱거리는 소리를 내며
그만 시들시들해졌다.

결국 그 튤립은 뽑아내고 말았지만
어머니의 한결같은 정성과 사랑은
아직도 빈 화분에서
때깔 고운 튤립을 피워 올리고 있다.

04

그렇죠

무엇을 새로 시작한 이에게
자신감을 주는 아름다운 말
가르치는 이와 배우는 이가 다 함께
완성을 향해 내딛는 힘찬 발걸음
짧으면서도 긴 울림
"그-렇-죠!"

그렇죠

시월의 햇살이 부서지는
녹색 카펫 위에서
골프를 배운 지 얼마 안 된 초보자가
땀을 흘리며 쉴 새 없이
골프공을 쳐댄다.

어쩌다 골프공이 잘 맞아
멀리 날아갈 때마다
티칭프로가 초보자에게
힘주어 던져 주는 말
"그렇죠!"

무엇을 새로 시작한 이에게
자신감을 주는 아름다운 말
가르치는 이와 배우는 이가 다 함께
완성을 향해 내딛는 힘찬 발걸음
짧으면서도 긴 울림
"그-렇-죠!"

칠갑산을 오르며

질그릇 살결을 닮은
황톳길을 밟으며
오월의 칠갑산을 오른다.

나뭇잎 사이를 비쳐 오는 밝은 햇살과
나뭇가지에 매달려 노래하는 경쾌한 새소리
소나무 가지를 흔드는 바람
이름 모를 풀꽃들의 향기

정겨운 풍경들을 따라가노라면
얼음 위를 미끄러지듯
발걸음은 저절로 가벼워지고
내가 존재하는 곳은
오로지 지금 여기
칠갑산을 오르는 이 순간뿐이다.

태극기 휘날리는 날

광복절 이른 아침
태극기 깃발이
당당하게 펄럭인다.

바람을 타고
깃대를 세차게 휘감는다.

있는 힘을 다해
깃발을 쫙 펴더니
다시 당당하게 펄럭인다.

깃대를 뽑아 버릴 것 같은
세찬 바람이 불어와도
아랑곳하지 않고
굳건하게 펄럭이며
제 소리를 내고 있다.

68년 전

나라를 되찾았던 그날의 외침이다.

주권을 다시 찾은 그날의 함성이다.

독립 정신을 일깨우던 그날의 정신이다.

병영체험

병영체험을 한다기에
태어나서 처음으로
군복을 입었다.

무겁고
몸에 맞지 않는 군복이
영 어색하기만 하다.

거울 앞에 서서
거수경례를 해 보고
늠름한 표정도 지어 본다.

부대 안에서
최첨단 전투 장비를 구경하고
장갑차에 올라타 보기도 했다.

군복을 입고 진짜 군인이 된 듯

적을 무찌를 당당한 기세로 서자
피를 타고
긴장감이 팽팽하다.

누구나 군복을 입으면
군기가 똑바로 선
반 군인이 되나 보다.

불볕더위

올여름 불볕더위 때문에
베란다에 놓아 둔
짱짱했던 화분정리대도
휘었다.

화분정리대는
플라스틱 삼단의 단마다
저마다의 꽃들을 피워 내는
네다섯 개의 화분을 부둥켜안고
잘도 버텨 왔는데
이번 불볕더위를 못 견딘 탓에
지지대가 튕겨 나가고 균형을 잃더니
그 위에 놓았던 화분들도 다 쓰러졌다.

쓰러진 화분들을 일으켜 세우고는
이젠 휘어져 아무 쓸모없는
화분정리대를 내다버리는

내 마음도 이번 불볕더위에

휠 것만 같다.

설난

대지가 움트는 오월의 창가,
생명이라곤 아무런
흔적도 보여 주지 않던 화분에서
설난의 새싹이 얼굴을 내밀었다.

며칠이 지나자
설난의 이파리들은
줄기를 부여잡고
자줏빛 다섯 꽃잎을 피워 올렸다.

어두운 흙 속에서
겨우내 죽은 듯 지내면서도
살아날 때를 알고
봄이 오기를 기다린 저 꿋꿋함

추위에 강하고 눈 속에 피는 꽃이라서
설난의 꽃말이 '인생의 새 출발'이란다.

겨울 내내 없는 듯 있는 듯하다가
꽃을 피워내는 설난처럼
나도 조급해 하지 않고
기다리며 나아가는 삶의 태도로
인생의 새 출발을 하려 한다.

천리향

꽃향기가 진해
천 리까지 전해진다는 천리향이
겨울날 18층 베란다에서
꽃망울을 터트렸다.

초등학교 때 은사님을
오래전 마지막으로 뵙던 그날
당신의 따뜻한 손으로
천리향 새순 하나 따 주신 것을
집으로 가져와 심고 지금껏 길러 왔다.

이제 그 은사님을 뵐 수도 없고
목소리조차 들을 수 없지만

천리향은
겨울 추위도 잊은 채
오로지 꽃망울을 터뜨려

은사님의 특별했던 교육애와 제자사랑을
은은한 꽃향기로 피워 올리고 있다.

포도밭 시 낭송회

포도가 영그는 칠월
남포면 사현리 포도나라에서
포도밭 시낭송회가 열렸다.

포도 넝쿨이 포도송이를
죽죽 늘어뜨려 허공을 메우고
사회대의 앞면엔
대롱대롱 매달린 포도송이들처럼
포도밭 시낭송 안내 휘호가 붙어 있다.

바다로 피서를 왔다가 우연히 들른 피서객들과
여생을 농촌에서 보내겠다고
남포로 이사 온 귀농부부와
어떤 행사가 열리나
궁금해서 모인 사현마을 사람들과
초대받은 지역 시인들 몇몇이 모인 이곳에서
사람들은 저마다 포도향기에 취해

포도에 관한 시를 낭송한다.

포도밭 위를 지나가던 바람도
잠자리와 새들도 무슨 일인가
고개를 갸우뚱거리며 훔쳐보고 있다.

포도밭에서 시낭송을 들으면
누구나 시인이 된다.
누구나 가슴에 묻어 두었던
그리움 한 자락을 펼치게 된다.

첫눈

세상을 은빛으로 뒤덮고 내리는
첫눈은
순식간에 통째로 밀려오는
한여름의 파도

성긴 눈발이 되어
슬며시 빗금 쳐 내리는
첫눈은
높고 깊은 가을 하늘

작은 밤송이처럼
함박눈이 되어 펑펑 내리는
첫눈은
두 팔 벌려 밀려드는 그리움

가을이 가네

국화꽃 송이 송이마다
눈길 건넬 사이도 없이
가을이 가네.

단풍잎이 낮게 내리는
숲 속 길을 걸어 보지도 못한 채
가을이 가네.

낙엽편지 보내온 친구에게
답장을 쓰기도 전에
가을이 가네.

덖어 놓은 햇 감잎차
한 잔을 나눌 사이도 없이
가을이 가네.
세월이 가네.

민들레 글벗

민들레가 꽃을 피울 무렵
호랑이띠 동갑내기
여자 친구 다섯 명이
한 방에 모였다.

민들레 글벗이라는
모임의 이름을 짓고
한 편씩 오행시를 지어 낭송하면서
새로운 출발을 자축했다.

항상 깨어 있는 정신으로
부지런히 글을 쓰고
희망을 이야기하자는
민들레 글벗

민들레 글벗의 작은 꿈들이
갓 내온 레몬차의 새콤함처럼
톡톡 터지고 있다.

팽목항

봄꽃들마저도 무심하게 피고 지는
여객선 세월호 침몰 사고 열 이틀째다.

사고 당일 구조된 생존자 174명
사망자 187명, 실종자 115명
구조 소식은 들리지 않고
시신수습도 거의 정체 상태란다.

사고 해역의 거센 풍랑만큼
뉴스 특보는
유가족들의 가슴을 후비는
이 지옥 같은 상황을
앵무새처럼 연일 종알거리고 있다.

그 차디찬 바다 밑에서
어서 빨리 구해주길 애타게 기다렸을 아이들
아직도 그날의 공포에서 벗어나지 못하는 생존자들

"살려 달라는 게 아니라고
시신이라도 좋으니 한 번만이라도
안아 보게 해 달라고. 제발"
절망의 늪에서 절규하는 실종자 가족들

잠수부들이 인양해 온
싸늘한 주검이 팽목항에 도착할 때마다
제발 살아 돌아오길 학수고대하던 가족들은
행여 내 자식인가 신원을 확인하지만
그마저도 쉽지 않은가 보다.
팽목항의 신원 확인소에서는
속절없는 기다림과
슬픈 해후가 매번 엇갈리고 있다.

발을 동동 굴러 봐도
목 놓아 이름을 불러 봐도
아무 소용이 없다.

바다에 뛰어들어 선실에 갇힌 아이들을
구해 내고 싶지만
그저 하염없이 바다 쪽을 바라다보는 일밖에는
아무것도 할 수가 없다.

오늘도 팽목항에
기적이 일어나기를 바라며
멍하니 바다만 바라보아야 하는
무기력한 현실이 비통하기만 하다.

스프레이 체인

겨울 내내 함박눈이 내렸다.
눈은 삽시간에 자동차를 뒤덮고
자동차는 한껏 몸집을 부풀리며
여기저기 고드름까지 매달고는
잔뜩 웅크리고 서 있다.

시동을 걸어 놓고
시린 손으로 있는 힘을 다해
자동차를 뒤덮고 있는 눈을 치운다.
허리를 낮춰
네 바퀴마다 스프레이 체인을 뿌리고
자동차를 살살 몰아
눈길 위를 미끄러지며 출발을 한다.

빙판길 위에서
자동차가 움찔움찔할 때마다
잔뜩 긴장한 나머지

팔과 허리에 힘이 들어가고
저절로 핸들이 꽉 쥐어진다.

그냥 바라보는 눈꽃 세상은
환호성을 부를 만큼 아름답지만
막상 차를 몰고 눈길을 나선다는 것은
무척 두려운 일이 아닐 수 없다.

이상하게도
네 바퀴에 뿌린 스프레이 체인이
한 가닥 기도문처럼 위안으로 다가와
편안하게 운전하도록 힘이 되어 주었다.

그래도 스프레이 체인이
자동차가 눈길에서 조금이라도
덜 미끄럽게 해 주는 제동장치인가 보다.

장미 가시

울타리를 타고 오르는
가시 돋친 덩굴장미

현란한 장미꽃을 지키려고
장미 줄기는
잎사귀보다 더 많은
촘촘한 가시들을 품고 있다.

누구든지 장미꽃을 꺾으려 들면
장미 가시에 긁히거나 찔려 피가 나게 된다.
장미꽃을 꺾지 말라는 경고다.
장미꽃을 탐내는
어떤 벌레들도 함부로
오르지 말라는 경고다.

부드러운 바람의 손길도 거부하는
장미 가시는 참 도도하다.

장미꽃을 꺾다가 흘린 피는
장미꽃처럼 검붉다.

장미꽃의 그림자에도
장미 가시가 박혀 있다.

솟대

이른 봄날
초등학교 때 친구가
내가 새를 좋아한다는 걸 기억하고
손수 솟대를 만들어 보내왔다.

오뚝한 부리며
가지런한 깃털이며
깜박이는 듯한 눈매를 마주하면
솟대가 곧 창공을 향해
날아오를 것만 같다.

단단한 나무를 깎고 다듬느라
온갖 정성을 들였을 친구의 노고가
따뜻함으로 다가온다.

순간
한 마리 새가 되어

금방이라도 하늘을 향해

날아오를 것처럼

겨드랑이에서 날개가

돋아 나오는 것 같다.

선운산 천마봉

일월의 선운산은
잔잔한 봄 바다처럼 평온한데
천마봉을 막 오른 초등 동창 친구들의
심장은 용광로처럼 뜨겁다.

천마봉에 올라서서
우리들의 발걸음이 헛되지 않았음을
공감했을 때
유호 친구는 그의 아내와 나를 향해
두 선녀가 천마봉에 내려왔다며 말문을 연다.

"무릉도원의 유토피아가 따로 있더냐.
두 선녀들의 부드러움과 지고지순함에 취해
환상의 나래를 펴는 여기가 바로 거기지."

회자정리(會者定離)
거자필반(去者必返)이라더니

소중한 지금 여기를 오래오래

곁에 두기를 기원하지만

아쉬움은 인간의 힘으로 어찌할 수 없는 법

우리는 천마봉 절경을 뒤로하고

천마봉을 내려와야만 했다.

천마봉을 오른

그날의 추억을 되짚으며

한 장면 한 장면씩

그림책을 넘기듯 눈앞에 펼치면

마음은 둥둥 떠서

선운산 천마봉 꼭대기에 가 있다.

허공그물

새벽안개가 자욱한 허공에
누가 그물을 쳐 놓았을까

보일 듯 말 듯
제법 높은 성주산이
커다란 그물에 걸려 있다.

그리움도
그물에 걸려 있다.

그리움은
어디가 시작이고
어디가 끝일까

그물에 걸린 성주산은
하루 종일 거기 서서
숫제 제 모습을 감추고 있다.